句集　棒になる話

漠夢道

Baku Mudo

七月堂

句集

棒になる話

箱男

春は未だ男のライターみつからぬ
もうひとり眼鏡をかけている男

ソーダ水しからば二本の足で立つ
してみれば真白き壁もまたしかり

ももいろの周りくまなくまず歩く
否という夜霧に深くかかわれば

午前二時すぎても午前二時の雨

点と線はじめてうすいひかりのなかで

夜霧などで包んでグラス傾ける
重ねたり重ねられたり春霞

幻燈のうすきひかりに濡れてくる

乳房もつきみのからだの七八九

はりがねの突きだしている星月夜
唇のように重ねてみればわかります

幻想の花びら一枚二枚まで

左手のことかもしれぬはりがねは

黄昏はいまから聖母マリア像

詳しくは言えぬ唇などにつき

はりがねの積み重ねられてあるからだ

はりがねの内側に立ってみなければわからぬ

青き崖ふたたび青き崖になる
冬の波わが舌ぬらすこともなく

はりがねの影になっている部分
はりがねのいつから濡らす唇は

物質に戻る暗闇らしき場所
影となる決めてひとりは立ちあがり

真四角なはりがねだった次の夢
砂浜にきて砂浜になりきれぬ

手品師や霧笛とりだす小さくて
具象なり夜霧に濡れている橋は

おおよそは歩いてゆける場所である

逃亡や輝き濡れていつか来る

初蝶はたしかにこの目で見てはきた

乳房なり海より男かならず戻る

正方形どうにもならぬ海を見て
めぐり逢う男は刃物研師なり

スメタナをまず聴くギザギザ冬の夜

昼すぎし頃には着くはず砂の山

それ以後のことかもしれぬ箱男

星空は砂の山より仰ぎ見る

独活小屋へゆくなら渡る橋がある
露草やきっと砂漠は見えてくる

雁 来 紅 霧 笛 三 角 四 角 な り

溝呂木さんにならわかってもらえるはずである

はりがねのくちびる莫迦な昼下がり
三人になっても三人冬の夜

三月の黒く交わる時間とは
なんてんの木と握手をしたり別れたり

唇のほかにもひとつ砂丘に捨つる
わずかなり月夜に零るる砂が見ゆ

密着およそのかたちになっている
左側なるほど黒い箱ならぶ

ひまわりを見てきたことを言わぬ夜

じゅういちがつ少女は海辺のカフカ読む

水を呑む男のからだは見えていた
まず椅子に坐る男の昼下がり

戦争や隣りの男の部屋のはず
吊り橋の見える場所より吊り橋見えぬ

汝と逢えるふたたび月光降る夜に
人形の唇らしく午前午後

唇はそっと包みそこねたり

初蝶のふり向くときはふり向かず

冬の日はおおよそ二分の一くらい
ゴリラから少し離れたところより

壜立ちて並ぶ夕ぐれ時間まで
三つまで数えて内側らしくなり

初蝶は斜線ばかりでできている

便りなど来るはずはなしアフガニスタンより

鉄片

青野よりわたくしだけがなぜ戻る
草の径かならず夜になってから

かかる日も私か真白き蝶のくる
秋の日の白鷺きている辺りです

薄明の何処までいって戻ります

草二本おそらく左側である

黄砂降るあなたに逢えるここならば
冬草の影にはなれぬ一つ影

永遠を左に曲げる曲げられぬ
とある日の桃の木倒る倒れたり

芒原わたしは知らぬと言えばすむ
草の原それではゴリラになりきって

夏蝶の来ているらしいわが部屋に
白百合の右の手握りしめてみよ

吊り橋の赤き吊り橋見えぬ日よ
概念の夜霧に濡れているばかり

冬菫わたしについて狭霧についていて

冬薔薇わたしは誰か名告らねば

凍蝶かわたしの部屋までならばゆく

初蝶に紛れてきたのか月夜路へ

菜の花が菜の花が見えぬと言っている
にんげんの入口出口うすい煙

戻らねばならぬ砂の山消えぬうち
あゝ鉄片わたしも消える草の原

断崖より雪は静かに降らねばならぬ
ゆめうつつ言語にならざるものに触る

影となる時間そろそろとゆくがいい
草蔭のやわらかくなって死ぬるかな

わが部屋にあるべし針金・錆びた釘
落日の海ですか霧笛鳴りだす頃ですか

影になるまへにできることならば
菜の花に密かに触れてみるときあるか君

階段は坐すべし蝶ならばきて

ワンとは哭かぬメイド・イン・ヴェトナム犬《くん》の事情

壜などを並べてみたり神につき
幽《はる》かなる音して倒るといふ

これからも枇杷の木のある周辺なのだ
蝶一頭わが手で消したり愛したり

咲き乱れてはいぬコスモスの花は
水嗅ぎ分ける蝶なら必ずこの淵にくる

告白はしそこねたり月光降りし夜
指五本曲げれば曲がる暗闇で

薔薇は一輪窓から海も見えている
薄明より声はすれどもわが名呼ぶ

赤黒く霧など降っているならば
はりがねのくづれる音するはずはない

おぼろともちがう私の影である
ある晴れたある晴れた日に渡る橋

茱萸の木に隠れたわたしは見えていた
白鳥の来ているらしい夢である

某月某日いつしかハンガリー狂詩曲

どうしても蝶には見えぬ叢で

貌のなき鳥の貌は見た24時

「どうせなにもみえない」その舌にその唇に触れている

※「どうせなにもみえない」は諏訪敦絵画作品集名

リアルには言えぬ夜霧に濡れている
星月夜汝が手の上に我が手おく

葱二本崩れていると言われても

男きて山脈低きことばかり

釘散らしたり夢覚めるなよ覚めるなよ
ただ一つ夏野に石のあるごとく

具象でもなく抽象でもなく十四五本

夜空なら飛び立つ鳥の一羽いる

月明の手と手は絡める以外には
やがて霧は降りやがて午前二時の霧になる

草原に置くべし鉄の塊として
月光と弦楽のためのアダージョ

椅子ならば一つは在るべし暗闇

十二月霧笛鳴りだすときの空のいろ

歩みよる正午に近くより遠く
直線的なと言いきれますか左側

右左あなたはどちら向いて立つ
星空やプルトニウムなんて私は知らぬ

重《しげ》信《のぶ》商《しょう》店《てん》は左に曲がる

鉄片の数メートル先にある風景

鉄片のある場所からさてこれから私はどこへゆく

満月や幻想的に幻想的に

棒になる話

冬砂はあるにはあるがただ黒し
雨に濡れて戀のようなものである

あくまでも白き蝶として来るかきて

祈りとはなにゆゑかくもなめらかになる

存在と時間それからすこしわからなくなっている

無花果の木のある辺りうす暗い

蝶のいる部屋のなかに入る
黒揚羽わが手に崩ると書くべきか

まひるまの楕円を描けば楕円なり

物質や霧降るように霧降る日

薔薇園の入り口らしき径がある

永遠とアボカドについて考へる

肉体やときどき椿冬椿

某月某日ただしく言えば冬の薔薇

木片や初蝶現われてくれるなら
三月の橋は静かに渡ります

菜の花よギリシアよ風よゆるやかに

十四時を過ぎる頃より弦楽二重奏

きさらぎの渚は見えていたはずである

鉄骨もわたくしひとりの存在も

うすみどりわたしの影になっていぬ
奇妙なり煙突のようなものまだ見えている

某日やラフマニノフ「13の前奏曲」についてなど

正午過ぎ海から戻るひとりの男

黒揚羽らしからぬことしていたり
影になるためにきてみた夏野原

茱萸の実のゆびきりもしたはないちもんめ
ふたたびは逢えぬと思うワルツを聴きながら

ゆふぐれは壜など並べいまここにいる
コスモスの花はまだ見ぬことにする

秋蝶の来ている小さな橋がある

この頃はゴリラに逢わぬゴリラに逢えぬ

漂泊やマネキン人形のある部屋へ
かくれんぼ星降る夜も降らぬ夜も

桃の木よおそらくわたくしがふりかえる

真青なる芒の原に我を置く

木の橋があるからそっと手に触れる
一本の棒になるためになら星月夜

逃亡や青き林檎と唇がひとつ

夜の崖来いといふからひとり来た

冬蝶と呼ばれてふり向くなんて困る

ラフマニノフをきくラフマニノフをきくためにこの椅子に坐る

ザッキンやヘンリ・ムーア、フォートリエなどもある冬は午後
シューマンを聴きながらきさみに便りを書いている

ひとりずつ路地裏に消えている男あるいは
ダンボール急がねばならぬこともある

湯屋《ゆや》といふそれほど遠くないところ

野薊や左へ曲がる曲がるほど

傾いてみせる砂浜にきて砂浜へ
森の梟それからあなたに告げねばならぬこと

某月某日『生物と無生物のあいだ』について考へる

砂浜にならば二本の足で立ってみよ

歩いてゆけるものならトリニダード・トバゴ
午前0時アンリ・ルソーの夢を見る

わたくしに消ている男草二本

砂山にきて砂山にきて露人ワシコフの場合

霧笛なり抱擁になっているはずもなく
月光のとどかざるところに君の手がある

もういちど夜空を仰ぎ見るために
できるだけくはしく薔薇の花を画く

ほうたるの現われずそのいちにちは終わります

五六人男は砂丘に立っているらしい

クリムトの左手が見えている昼下がりではないか
崩れると言えば崩れる崖がある

夕ぐれの丸き地球は沈めたり
じゅらるみんありばいとはとてもいいきれぬ

秋の日のコスモスらしい花を見る
芒原戦争のことにも触れて密かなり

とうめいに見えているのか疑わしいまだ影がある

消しゴムで我を消すもしかすると消えている我は

八月の黒きドレスの女がひとり
窓を開ければ港が見える戀しくなっている

春うららひとまず男は棒になる
ダンボールさらにくはしく述べるなら

螢草この肉体のことならむ

夾竹桃男が棒になる話

左側の男

風花やどこからゴリラ現われる

砂の山もっとも薄いかたちとは

夏蝶のなぜ来て止まるほの暗く
枇杷の木のうしろに廻るゆるやかに

白鳥にかならず乳房ふたつある
唇やわたしの部屋に戻らねば

ギシギシと鳴く鳥がいる真夜の崖
もう少し縦長にしてみるつもりです

狭霧といふ逢って訣れることにする
蝶ときて漂ふわけにもゆかぬ断崖

インドにはゆけぬとおもふ八月二日

わが指に少し汚れて秋蝶の

草朧といふから来てみたただひとり
いつかきたわさび田のこととユリのこと

冬の林のように冬の林のように見えている
また影に戻りて眠る男にならむ

不如帰全き軍艦だとしても
午後に降る雨より午後に降らぬ雨

黒き船いかなるからだのことをいふ

唇や舌など使わずなれば蝶

トパーズ唇まるめてみたけれど
傘を差すひとりの男そういえば

綱渡る少女の夢にはとどかざる
泊夫藍の夢にも少し重なりて

手を振りて別れてきたはずゴリラとは

静かなる夜はそうしてショパン聴く

そのような夜にはおそらく見えぬ星
一蝶のうちかさなるときもある淋しくて

真四角にならぬ箱かもしれぬその箱は
曼珠沙華黒き蝶ばかりが増えている

無口なる蝶とゆくなら昼下がり
白き蝶いずれの細き径に入る

枯野くるいつもの男の癖である

わたくしに語るな夜霧に濡れてきたことは

冬林檎いますぐ発ちて砂丘に向かふ

月明のいずれひとりになってから

やや横にわずかに傾くだけでよい世界
今だから言えるからたちの花が好きでした

幻想の一箇所かさねてかさならず

六月六日薔薇の花だけ見て戻る

霧笛など聞こえぬ夜空見上げても
霧の中ならば霧の中で逢う

晩春のわが舌一枚なればこそ
噫わたくしの部屋のドアなら静かに閉めよ

天使くるかならず小窓押しあけて
渚までいって戻らぬ日もありぬ

誰にも言わぬ艶れたる蝶など見てきたことは
白鳥やおそらくその男に決まっている

秋の日のここにもひとつ穴を掘る

芒原へなら紛れてゆけるかもしれぬ

宇宙なり机上に林檎ひとつ置く

冬薔薇右側よりも左側

まぼろしでもなくゴリラでもなく永遠
ザムザにはなれずポインセチアの花ではないか

夜霧降る黒き橋まで来てみたが
蟷螂の消えることなどできぬ理由

わたくしならば別室にてぞ眠りけり
永遠はグラスの中で崩さるる

霧のなか消えても無駄なことである
砂の山見てきたとおり言わぬもの

予め矢印だった左側
手と足はどこまで曲げます竹内さん

わが部屋の中に蝶きて何をする
もうすこし左側まですすきまで

石ばかり積んである場所からならば
左側の男かもしれぬその影も

永遠は十五時五分過ぎる頃
落日に入りたる男ひとりかひとり

鉄と木のある場所

その日から私は海を見なかった寺山修司初期詩篇

雪の日に読む松本清張『二冊の同じ本』

幻想交響曲作品十四について考へるその夜は
カフカより便り来ぬかと待つ日あり

断崖のおぼろに見えるときはないか君
紫雲英田にわが指探しあぐねたり

影と影かさねて16時になっている

ヒヤシンス孤独でなければならぬといふ

いつの間に初蝶とともに消えている

抱擁やそれから山見て山を見る

宇宙とは左に曲がるとりあへず

ブラームス・ヴァイオリン協奏曲ニ長調作品77の場合

地上三メートルの野菜畑から始まる世界がある
菜の花にまみれてきたこと誰にも言わぬ

ムルソーそのほそながきかたちになれる訳でもなく
薔薇園できみに告げねばならぬこと

ひまわりの花は咲くだけ咲いて散りにけり
莎草のことかもしれぬあの日とは

いつからか象の歩く姿は見ておりぬ

はじめて出逢った場所に戻ろうよ長渕剛の歌など流れ

ブラームス・ヴァイオリンソナタ第一番を聴いてから

八月はブランデンブルク第三番

砂丘なら見えていたはずこの場所からならば
黒き影のある辺りからか私は歩きだしている

初戀もひそかに月光降るときも
わたくしについて語れば白鷺の一羽くる

夜の明けぬ前ワルトシュタインより僕は聴くだろう

某日やジャコメッティ「歩む男」のことなどおもふ

ガラス壜あくまでひとり窓辺にて
僕はピアニストになれるだろうか?　二〇一六年秋の暮

ヴィヴァルディ聴くときは覚悟して

ふたたびかルネ・マグリットの世界について

時間とはゆるゆる初蝶現われる

菜の花や銃後といふ句を憶いだす

二三本釘のある周辺あゝその他

菜の花のミステリーになるはずもなく

ときどきは宇宙のことなど桃の木と
アボカドやわたしがひとりでいる時間

壊れたる蝶はテーブルの上にある
鳥墜ちる午前二時から午前二時

ある抽象の世界にならむ釘のあり
ジャコメッティおそらく六月十七日金曜日

ピアノ弾くこともなくミモザの花のまへ
椅子一つあれば夏野原になっている

帽子屋に男が入るじゅうさんじ
キリコ絵のような回廊を過ぎるとき

鉄と木のある場所へわたくしは歩いてゆく

冬薔薇おそらく孤独について書いてきた

カンナとは知らずにカンナ見る男
愛犬の名前をゴッホと決めた日よ

蝶蝶と舞ふこともできる夢でなく
手と足のことかもしれぬ天の川

あしたにはひまわりの花は咲いている
メロンといふ遠いところといふ海の風

おおよそは霧など降っている夜だ
遥かなり山河を仰ぎ仰ぎみる

あとがき

ある日から、できるかぎりミステリアスな作品を作ってみたい、そんな思いだけはつねにわたくしの心を占めていたように思います。同時に書くという行為が果たしていかなる充足をわたくしにもたらすものであるか、否。このふたつの思いのなかであるいは揺れつづけてきたのかもしれない。『くちびる』を出版してから十数年という歳月が流れ去っている。

上梓に際しては、第一句集に引きつづいて桜狩短歌会主宰光栄堯夫氏にお世話になりました。また『現代鹿児島俳句大系』（全25巻）への作品発表のチャンスを与えてくださいました、ジャプラン代表高岡修氏にあらためて拝謝申しあげます。

異才田淵裕一氏にはご無理なお願いにも拘らず、『くちびる』同様圧倒的なデザイン力で演出していただき感無量です。深謝申しあげます。

最後になりましたが、いつも変わらぬご指導とお力添えをいただきました皆様、誠心誠意、熱情あふれるお言葉と勇気を賜りました七月堂社長の知念明子氏、岡島星慈氏に、深く感謝の意を表する次第であります。

二〇一七年　早春　漠　夢道

漠 夢道 [本名・近野武男]

1946年　北海道に生まれる
1967-1970年　東洋大学文学部在学中、光栄堯夫氏と
詩誌「L' ETRANGER」編集発行
1974年　詩集『あなたのいない街で』(五月書房刊)
1976年　京橋「さくら画廊」にて個展・グループ展
1990年　「桜狩短歌会」に入会し俳句作品を発表、現在に至る
2002年　句集『くちびる』(五月書房刊)
2006年　定年退職、東京より鹿児島市に移住
2012年　『現代鹿児島俳句体系』全25巻(ジャプラン刊)、
第24巻へ280句収録

現住所　〒891-1108 鹿児島市郡山岳町447-1
電話／FAX　099-298-3971

句集 棒になる話

本体価格……二五〇〇円
発行日……二〇一七年二月一五日
著者……漠《ばく》 夢道《むどう》
発行者……知念明子
発行所……七月堂
東京都世田谷区松原二―二六―六
郵便番号一五六―〇〇四三
電　話　〇三(三三二五)五七一七
FAX　〇三(三三二五)五七三一
装幀……田淵裕一
組版……七月堂
印刷……タイヨー美術印刷
製本……井関製本

ISBN978-4-87944-267-3 C0092